Carlos Pronzato

60 poemas de combate

(coletânea)

KOTTER
EDITORIAL

Coordenação editorial: Sálvio Nienkötter
Editor-executivo: João Lucas Dusi
Editor-assistente: Claudecir de Oliveira Rocha
Capa: Jussara Salazar
Design editorial: Carlos Garcia Fernandes
Produção: Cristiane Nienkötter
Preparação de originais e revisão: O Autor

Dados Internacionais de Catalogação na Publicação (CIP)
Angelica Ilacqua CRB-8/7057

P958s

Pronzato, Carlos
60 poemas de combate / Carlos Pronzato. — Curitiba : Kotter editorial, 2025.
128 p.

ISBN 978-65-5361-337-9

1. Poesia brasileira I. Título

CDD B869.1

25-2217

KOTTER EDITORIAL

Kotter Editorial Ltda.
Rua das Cerejeiras, 194
CEP: 82700-510 - Curitiba - PR
Tel. + 55(41) 3585-5161
www.kotter.com.br | contato@kotter.com.br

Feito o depósito legal
1ª Edição
2025

Carlos Pronzato

60 poemas de combate

(coletânea)

Sumário

Do livro *Che, um poema guerrilheiro*

1. Che, um poema guerrilheiro

O peito atravessado
Pela pólvora
O corpo fulgurante
Nas noites clandestinas
E o coração
Em estado de sítio

Nossas armas
Continuam intactas
Suas balas
São milhões
De excluídos

Andaremos
Pelas madrugadas
Pendurando sonhos
Nos varais
Da esperança

Mas onde
Está Guevara
A luz crucificada
Nas montanhas?
No fundo
Dos teus olhos
Oferecendo o coração
Para a batalha

Nossas
Ensanguentadas mãos
Empunharão
Ainda
A liberdade!

2. Che, quem fechará os teus olhos?

Che
Quem fechará
Os teus olhos
Se ainda os tens abertos...?

Quem resguardará
Teu sonho
Do infame precipício
Destes tempos?

Quem descobrirá
A direção
Do teu olhar
No primeiro instante
Da morte?

Quem recolherá
Tua ferida
E plantará teu sangue
Como bandeira
Da América Latina?

Quem fechará
Os teus olhos
Comandante
Se ainda os tens abertos...?

3. Che, te buscaremos

Che, te buscaremos
Nas selvas
No ruído das ruas
Ou à beira dos Andes

Che, buscaremos
Tua senda
Pendurada na proa
Do Granma
Tua estrela assomando
No céu explosivo
Da Guatemala

Che, te buscaremos
Nas águas dolorosas
Da Amazônia peruana
No rosto calcinado
De Atacama
Lendo a Martí
Nos entardeceres
De Havana

Che, buscaremos
Tua inquieta transparência
Na neblina
Dos cumes
Latino-americanos
Nos pés descalços
Da infância condenada

Che, te buscaremos
Nos olhos
De uma criança
Ou de um ancião
Nas veias abertas
Do Galeano
No gesto inconcluso
Das tuas mãos
Che, te buscaremos...

4. Che, te viram em Chiapas

Che, te viram em Chiapas
Em La Paz
Em Caracas

Te viram com professores
Com estudantes
Com piqueteros

Che, te viram em Neuquén
Em Buenos Aires
Em Temuko
Te viram com costureiras
Com camponeses
Com mineiros

Che, te viram no ABC
Em El Salvador
Em Lima
Te viram com médicos
Com advogados
Com garis

Che, te viram em Manágua
Em Havana
Em Oaxaca
Te viram com operários
Com indígenas
Com artistas

Che, te viram no México
Em Assunção
Em Gualeguaychú
Te viram com sem terras
Com sem tetos
Com sem nadas

Che, te viram em Montevidéu
Em Porto Rico
No Canal de Panamá
Te viram com anarquistas
Com ambientalistas
Com marxistas

Che, te viram em Seattle
Em Bella Unión
Em Quito
Te viram com escritores
Com pescadores
Com desempregados

Che, te viram em Bogotá
Em Santiago
Em Cochabamba
Te viram com jornalistas
Com sindicalistas
Com padres terceiro-mundistas

Che, te viram em Guatemala
Em Granada
Em Malvinas
Te viram com cantores

Com pedreiros
Com militantes

Che, te viram no Iraque
No Afeganistão
Na Palestina
Te viram com poetas
Com mendigos
Com guerrilheiros

Che, te viram em Chiapas
Em La Paz
Em Caracas
Che, te viram em tantos lados
E os militares dizem
Que te mataram...

5. Che, você e Jaime Niño De Guzmán

Aonde foi a alma
Do teu corpo destroçado
Transportado
Do lado do helicóptero
No vento frío
Entre La Higuera
E Vallegrande?

Você
E Jaime Niño de Guzmán
Piloto militar
A sós nas alturas
Acaso um cigarro
Uma palavra
No vazio
Ou o profundo silêncio
Da paisagem?

Pássaro de fogo
Transportando o suave coração
Do Comandante
Voando pelo céu boliviano
Ali vão seus dias
De Alta Gracia
A estrada latino-americana
Com Granado
A entrada vitoriosa
Em Santa Clara
Seus filhos
Na cálida brisa
De Havana

Ali vai
O Comandante
Num outubro trágico
Nas alturas
Do seu sonho despedaçado

Você
E Jaime Niño de Guzmán
Piloto militar
A sós nas alturas
Acaso uma efêmera mirada
Para trás
Um murmúrio

Ou o último
Assobio do vento
Escondido no barulho
Do motor?

Saberão os camponeses
Que observam
Com assombro
O céu claro
Desse 9 de outubro de 1967
Quem é que viaja
Amarrado num canto
Do pássaro de metal?

Sobre eles cairá
A última lágrima
Desde a infinita solidão
Do Comandante Che Guevara.

6. Che, te recordas de Ernesto?

Che, te recordas de Ernesto
Brincando de índio
Subindo nas árvores
Ou andando de bicicleta
Sob o olhar atento
De papai Guevara?

Che, te recordas de Ernesto
E a turma de Alta Gracia
Lendo Salgari
Ou aprendendo francês
Com mamãe de la Serna
Que te chamava Teté?

Che, te recordas de Ernesto
Brincando com mapas
Olhando ao longe
A guerra civil em Espanha?

Te recordas de Ernesto
Aquele que cresceu
E um dia se foi
Viajou numa moto
Ao encontro do Che?

7. Che, atrás de um vidro embaçado

Avança entre a bruma
Pergunta pelos seus companheiros
Os de Cuba
Os da Bolívia
Os do Congo
E por onde anda
Sua coluna
A "Ciro Redondo"
E o que será de Inti
E a Loyola Guzmán
Joaquim, Pacho
Tania e tantos mais?

Difuso ainda
Conta-nos da sua solidão
E da falta que sente
Do seu livro de sempre
O Canto General

Caminha alguns passos
Para observar na parede
Sua famosa fotografia
Esboça o mesmo gesto
E torna a carregar
Sua carabina

Agita suas mãos
Como um pássaro suas asas
Antes de iniciar

A volta até o escuro

Seu efêmero aceno
É o momento
Em que o vemos por inteiro
O instante cotidiano
Tão sonhado
O Che
Está sempre ali
Como atrás de um vidro
Embaçado...

8. Che, seguiremos o rumo

Che, caminharemos os abismos
Que partem de La Higuera
Até encontrar o eco
Do disparo assassino
Que levou os dias
Que faltam no teu diário

Che, seguiremos a fumaça
Da pólvora
O brilho do teu sangue
Impregnado na neblina
E tocaremos com cuidado
Tua lembrança

Che, andaremos
Nos olhos das crianças
E em profundo silêncio
Escutaremos o grito asfixiado
Dentro do teu peito

Che, seguiremos o rumo
Dos teus passos no ar
Até encontrar tua voz
De Comandante
Na perene insurgência
Dos sonhos.

Do livro *Poesias sem licença para Carlos Marighella*

1. Não haverá luto

Tuas veias
Inflam-se
Azuis
Violentas
Absolutas
Explodem
Sua verdade
Nas ruas sujas

O cheiro
Da tortura
Corrói
A cidade doente
Impregna impunidade
Nas calçadas

Carlos
O sangue arrebenta
Tua camisa
Teu corpo gesticula
A palavra última
Não haverá luto
Embora a noite
Avance entre silêncios
Disparando
Entre penumbras
A morte
Na alameda

Não haverá luto
Embora as balas
Explodam
Em teu corpo

Não haverá luto
Porque
Renascerá teu sangue
Derramado
No duro pavimento.

2. Luta armada

Luta armada?
Não empunhaste armas
Empunhaste liberdades
Dores
Vento

Luta armada?
Não empunhaste armas
Empunhaste anseios
Pássaros
Céus

Luta armada?
Não empunhaste armas
Empunhaste carne
Povo
Sangue

Luta armada?
Não empunhaste armas
Empunhaste a alma!

3. Destino

Carlos
Como se soubesses
A próxima jogada
No tabuleiro
– e o poder
Da tua lembrança
Na memória do povo -
Caminhas desconfiado
Em direção
À noite
Mais escura

O destino faz sinais
Murmura
Escuto teu final
De notas graves
No vento

O destino
Move as folhas
Nas árvores
E espera
Avança
Tua silhueta
Imensa
Te chama: Marigaaaaaaaaaaaaaaa!!!!!
– Quanta intimidade!
Parece conhecer-te
Ou é uma velha armadilha
Da morte

Carlos
Uma sombra nua
Aproxima-se
E se veste
Com teu corpo
Olha-me sorrindo
E diz:
"Ana
Por agora
O levaremos por um tempo
Nos próximos anos
Tudo será controlado
Pelo voto
E não haverá espaço
Para guerrilheiros
Quando seja necessário
Lutar de novo
Com coragem
Por inteiro
O devolvemos..."

4. Cidadão Marighella

Em 1971
Henning Albert Boilesen
Presidente da Ultragáz
Que organizava a "caixinha"
Dos empresários
Para arrecadar fundos para a OBAN
E gostava de assistir
Às sessões de tortura
Foi executado
– Justiçado
utilizando a palavra certa -
Por um comando da ALN
A metros da rua Alameda Casa Branca
Em São Paulo

Sim Carlos
Na mesma rua
Perto do número 800
Onde tombaste
Dois anos antes
Sob as balas do delegado Fleury
Por sinal amigo deste Cidadão Boilesen
– Este o título de um filme
Sobre ele –

Dizem por aqui
Que foi pura coincidência

Duvido
Se até parece
Que te vejo
Feito Exu
Na encruzilhada
Com a Barão de Capanema
Escolhendo a mesma rua
A mesma arma
O mesmo ódio
A mesma sede de justiça
Dos que enfrentaram
O sádico sorriso do dinamarquês
Nos porões da ditadura

Só não houve
– Porque os vivos
Ainda não compreendem -
Uma manchete
Como esta:
"Marighella matou Boilesen"

5. Persigo

Persigo tua lembrança
Tua cidade
Teu bairro
A Rua do Desterro
O Ginásio
A Politécnica baiana
A Baixa dos Sapateiros

Persigo
O itinerário
O Partido
São Paulo
Tuas viagens pelo mundo
URSS
China
Cuba
Algumas fotos
Como aquelas dos disparos
No cinema do Rio

Cadernos com frases
Poemas
Recortes amarelos de jornais
Persigo tua lembrança
Tuas palavras
Tuas ideias
Sem licença
Para praticar
Ações revolucionárias

Persigo tua lembrança
Algumas flores
Que cresceram
Do teu sangue
Na Alameda
Embora nunca mais
Tenha pisado ali
A primavera

Persigo tua lembrança
Tuas prisões
Tuas torturas
Fernando de Noronha
E a Ilha Grande
Teus discursos deputados
Tuas poesias guerrilheiras
Tuas ações
O Guerrilheiro
A OLAS

Persigo
Teu exemplo
Tuas lições
Até hoje
Proibidas nas Escolas...

6. Pólvora

Carlos
Poderias ter sulcado
O céu
Com tuas asas

Tocar cúpulas
Sinos

Voar intensamente
Com poesias
Sambas

Ser tão baiano
Como Dorival
Caetano
Amado
Ou o mais velho
Dos Novos Baianos

Ou talvez
Irreverente
Como um Glauber
Desarmado
Ou até um grito renovado
Do Poeta dos Escravos

Mas o espelho
Devolve-te
Como um punho
Clandestino
E apertado

Pólvora
De um sonho
Deslizando
Entre as tuas mãos
Que guarda ainda
Seu último disparo

7. Companheiros guerrilheiros

Carlos
Caminho entre os mortos
Ali estão
Os companheiros guerrilheiros
ALN
VPR
MR8

Suas armas
Seus ofícios
Suas intactas poesias

Parece que nos miram
Saúdam-nos
Agora murmuram
Batalhas perdidas

Var – Palmares
Movimento Revolucionário Tiradentes
Ala Vermelha

Alguém grita:
Marighella!
Respondo que não estás
Faço sinais
Não sei se o saberão
Está escrito
Nos muros
De qualquer cidade:
Marighella vive!
E é verdade!

8. Retrato incompleto

Carlos
Teu coração
Sem seguranças
Sai às ruas
Da cidade sitiada

Cobre "pontos"
Organiza a resistência
Enfrenta a realidade
Distribui as balas
Do Rondó da Liberdade

Sangue indômito
Rebelde
Facho de luz
De ação
Na noite omissa e quieta

De uniforme
A morte te persegue
Na espreita
Os cães te farejam
Te rodeiam
Cheiram o teu sangue
De insurgências

Carlos
A repressão tem pressa
Teme que se espalhem

Tuas ações
Sem licença

Atacam-te
Pelas costas
Sem tempo
Para ter medo
Viras o rosto
E de frente
Crivado de balas
E de estrelas
Forjas teu retrato
De coragem imponente
Definitivo
E incompleto...

Carlos
Depois de tanto tempo
Alguém completará
O teu exemplo?

DO LIVRO *CANUDOS NÃO SE RENDEU*

1. Olhos de guerra

Teu rosto
Desce o crepúsculo
Na Serra do Cambaio

Adivinho
O sulco escuro
Na emboscada
Da tua boca

O cheiro
Da pólvora
Explodindo
Em teus olhos
De guerra

O áspero caminho
Que me leva

Ao teu corpo
De sertão

Balança o chão
Quando te toco

Canudos ao longe
É a brisa
De uma noite lenta.

2. Uma palavra de canudos

Me diz menina
Uma palavra
De Canudos

Um som de sol
Um instante
De metal ardente

Uma palavra
Empoeirada
Pedregosa
Firme e angulosa

Como a geografia
Da tua boca branda

Me diz menina
Uma palavra
De Canudos

Um som
Como de pífanos
Um vento diminuto
No horizonte imenso

Me diz menina
Uma palavra
De Canudos
Uma palavra
Lisa e seca
Como o fino punhal
Da tua beleza.

3. Canudos estava vazia

5 de outubro de 1897
Canudos estava vazia
Vazia de homens

Vazia de mulheres
Vazia de crianças

5 de outubro de 1897
Canudos estava vazia
Vazia de velas
Vazia de cruzes
Vazia de cânticos

5 de outubro de 1897
Canudos estava vazia
Vazia de luz
Vazia de ajuda
Vazia de esperança

5 de outubro de 1897
Canudos estava vazia
Vazia
Vazia
Vazia

5 de outubro de 1897
Canudos estava vazia?

4. Todo o povo do Brasil

Avançam
Os soldados

Quase todos os soldados
Do Brasil

Às ordens
De seletos oficiais

Quase todos os melhores
Do Brasil

Fazendeiros
Comerciantes
Governantes
E Doutores

Quase todos os Senhores
Do Brasil

À sombra
De uma cruz purpúrea
Ensanguentada

Quase todo o Clero
Do Brasil

Lá espera
O Conselheiro

E todo o povo esquecido
Do Brasil.

5. Perguntando por nós

Às vezes
Das pesadas águas
Desse Açude
Emerge um clavinote
Uma enxada
Um estandarte

Um rosto de criança

Perguntando pelo pai
Engolido pelo fogo da terrível Matadeira

Perguntando pela mãe
Prisioneira e degolada após a promessa
De que a sua vida seria poupada

Perguntando pelo irmão
Despedaçado pela dinamite
Do general Artur Oscar

E perguntando por nós
Que ainda
Não fizemos nada!

6. Caem bombas

Caem bombas
Sobre Canudos

Das mãos do Arcebispo D. Jerônimo Tomé
Das mãos do Juiz Arlindo Leone
Das mãos do Frade João Evangelista de Monte Marciano

Das mãos do Frei Caetano de São Leo
Das mãos do Barão de Jeremoabo
Das mãos do Governador Rodrigues Lima
Das mãos do Conselheiro Luís Viana
Das mãos do presidente Prudente de Morais

Caem bombas
Sobre Canudos

A dinamite explode
A noite sertaneja
O último refúgio
Da oração canudense

Ao longe
O Exército se perde
Na distância
Também
Com as mãos
Manchadas de sangue.

7. Ainda

Ainda há brasas
Nos casebres de Canudos

Ainda há fumaça
Na superfície
Do Açude

Ainda brilha o fogo
Na sombra do cruzeiro

Ainda há um povo ardendo
Nas curvas do Vaza-Barris

As chamas
Finalmente
Se apagarão no tempo
Porém
Balançarão as cinzas
E haverá luta
Ainda.

8. Apesar de tudo

Apesar de tudo
Da destruição
Da indiferença
Da dor esparramada no sertão

Canudos
Canta

Canta pelas noites
Na cidade dormida
Acorda seus guerreiros

Nas esquinas alertas
Mantêm acesa a luz
Nas tochas dos bisnetos

Apesar de tudo
Da fome
Da solidão
E da miséria
Canudos não desiste
E canta

Canta
Com a voz do vento
Que espalhou suas cinzas
Nos olhos
Das crianças

Canta
Com a voz dos mortos
Que perambulam
Nas incertas noites
Derrubando
Cercas.

9. Canudos não se rendeu

(Poema interativo, o
Exército é o declamador e o
Povo é o público)

Exército: Divisão de Artilharia!
Povo: Canudos!
Exército: Linha de Retaguarda!
Povo: Canudos!
Exército: 9 de Cavalaria!
Povo: Canudos!
Exército: Bateria de Tiro Rápido!
Povo: Canudos!
Exército: Comissão de Engenharia!
Povo: Canudos!
Exército: Batalhões do Rio Grande do Sul!
Povo: Canudos!
Exército: Batalhões da Paraíba!
Povo: Canudos!
Exército: Batalhões do Rio Grande do Norte!
Povo: Canudos!
Exército: Batalhões de Piauí!
Povo: Canudos!
Exército: Batalhões de Pernambuco!
Povo: Canudos!
Exército: Batalhões da Bahia!
Povo: Canudos!
Exército: Batalhões da Capital Federal!
Povo: Canudos!
Exército: Batalhões de Maranhão!
Povo: Canudos!

Exército: Batalhões do Pará!
Povo: Canudos!
Exército: Batalhões do Sergipe!
Povo: Canudos!
Exército: Batalhões do Ceará!
Povo: Canudos!
Exército: I Brigada
Povo: Canudos!
Exército: II Brigada!
Povo: Canudos!
Exército: III Brigada!
Povo: Canudos!
Exército: IV Brigada!
Povo: Canudos!
Exército: V Brigada!
Povo: Canudos!
Exército: VI Brigada!
Povo: Canudos!
Exército: Quartel general – Abastecimento!
Povo: Canudos!
Exército: Quartel general – Comandante I Divisão!
Povo: Canudos!
Exército: Quartel general – Comandante II Divisão!
Povo: Canudos!
Exército: Quartel general – Comandante em Chefe!
Povo: Canudos!
Exército: Cerco de 7 de setembro de 1897!
Povo: Canudos!
Exército: Cerco de 23 de setembro de 1897!
Povo: Canudos!
Exército: Cerco de 25 de setembro de 1897!
Povo: Canudos!

Exército: Cerco de 1 a 5 de outubro de 1987!
Povo: Canudos!
Exército: 5 de outubro de 1897!
Povo: Canudos!
Exército: Fogo!
Povo: Canudos não se rendeu!

Do livro *Ode à revolução*

1. Quem não viu?

Quem não viu
O Che
Anunciar a última batalha
Em Santa Clara?

Quem não viu
Fidel
Levar a boa nova
À Havana?

Quem não viu
O povo
Descendo a Sierra
Carregando o nome
Da Independência?

Quem não viu
Martí
O dia glorioso
Da Revolução
Caminhando junto ao povo
Pelo Malecón?

E quem não viu
Esse vento
Essa brisa
Que circula
E que perdura
Quando alguém
No mundo
Se refere a Cuba?

2. Camilo Cienfuegos

Camilo
Como quem retorna à casa
Teus passos
Como folhas
Voltam
De um outono distante

O cheiro da pólvora
Ainda dispara
E o sangue murmura
Sua umidade
Nas árvores

Os anciãos pulam
Como crianças
Para tocar o teu chapéu
De palha

Camilo
retornas lento
Assobiando baixo
Como perguntando
Por cada um
Dos cinquenta anos
Que se passaram

O céu te devolve
Inteiro como um pássaro
Com tua barba
Teu chapéu
E o teu cabalo

Camilo!
Camilo!
Grita alguém
Desde a fumaça
De um charuto
E uma boina com estrela
Agita-se
No ar
Da tarde

Uma menina aparece
Entre destroços
Vidros
Ferros
Morte

É a Revolução
Que caiu
Em um helicóptero
E não pudestes ver
Crescer

Toma-te da mão
E te diz:
Vem!

Camilo
São cem fogos
Que perduram
Acesos
Nas crianças
Que nos miram
Desde sempre
Com teus olhos
Guerrilheiros

3. Acaso bloquearam o exemplo?

Bloquearam navios, dinheiro, remédios
Bloquearam aviões, indústrias, comércio
Bloquearam palavras, abraços e gestos

Mas não puderam bloquear
Teu exemplo

Acaso
Bloquearam o vento?
Bloquearam os sonhos
Bloquearam a História?

Bloquearam
teu nome rebelde?
Bloquearam
tua marca de fogo
No tempo?

Bloquearam recursos, documentos, correios
Bloquearam contêineres, alimentos, objetos
Bloquearam palavras, abraços e gestos

Mas não puderam bloquear
O espírito da Sierra Maestra
Che, Fidel e Cienfuegos
Um povo armado
Na mente
E nas mãos
Jamais
será subjugado

Mas
Até quando
Esta cerca invisível?
Até quando
Este céu
Oprimido entre muros?
Até quando
O silêncio
do mundo?

4. Guantánamo

Guantánamo
Abriremos tuas portas
Arrancaremos teu arame farpado
Derrubaremos teus muros
Destruiremos tuas grades
E o teu nome
Será pisoteado
Pelo peso da justiça
E da liberdade

Sabemos que os gritos
Dos prisioneiros
Permanecerão flutuando
Como um eco
De estrelas infinitas

Sabemos que a dor
Impregnará o silêncio
Das noites mais profundas

Sabemos que o teu nome
Insistirá
Entre escombros

Navio fantasma
No horizonte
Da memória

Acaso
O arco-íris
Alguma vez pintou
Os teus muros altos?

Acaso
A brisa do Caribe
Roçou tuas grades
Pelo menos
Um instante?

Ou acaso
O sol do crepúsculo
Alguma vez desceu
Em teus olhos
De carrasco?

Na última foto
Que tirem de Guantánamo
Caberão todos os gestos
Daqueles que no mundo
Sempre se opuseram
A este intruso
Em solo cubano

Na última foto
Que tirem de Guantánamo
Caberão todos os corpos
Torturados
Todos os dias e noites
E silêncios
Gravados nos desenhos

Das paredes úmidas
De sangue

Mas talvez
Alguma flor
Possa surgir
No teu solo ensanguentado
Quando
Algum dia
Alguém se plante
Frente ao mundo
E diga:
"Guantánamo hoje
Será derrubado".

Do livro *Poesias contra o Império*

1. Adeus liberdade

Não sei como olhar
O rosto disforme
da palavra liberdade
Se ela hoje dá o seu nome
À campanha genocida
De invasão do mundo
Do governo norte-americano:
Liberdade duradoura

Será que a liberdade
Vendeu-se ao dólar
À Coca e aos McDonald's?
Com ela
Espartaco libertou os escravos
Com ela
Bolívar obteve a independência
Com ela
Gandhi recuperou a Índia
Com ela
Luther King
Liderou um sonho
Por ela
Morreu
O infinito Che Guevara

Por que hoje a liberdade
Está na boca do assassino norte-americano?
Não bastou
Tê-la aprisionado numa estátua?

Por que hoje a liberdade
É apenas substantivo
Que abençoa
As Tempestades de sangue
Nos desertos do mundo?

Liberdade
Teu rosto
Está sujo de petróleo
Tuas mãos
Traficam com a morte
Teu coração
Não pulsa mais
A esperança dos vencidos
Tua alma
Perdeu-se nos corredores
Da Casa Branca.

Adeus Liberdade
Nós te desterramos
Do nosso vocabulário
E inventaremos
Dentro em pouco
Outra palavra:
Limpa
Pura
E generosa
Para nomear
Todos os sonhos de...
Liberdade!

2. Crianças que sonham

Há crianças dormidas
que sonham
quando voam as bombas
não acordam

Há céus de mil cores
e pássaros
há areias distantes
e oásis
embaixo dos cabelinhos
de petróleo
brilhante

Não escutam
nem olham
as noites terríveis
as luzes que os mísseis
explodem
nos prédios
nas pontes

Não sentem
o cheiro de pólvora
a chuva das cinzas
desabando na noite
no balanço
perfeito
da morte

Não sabem
que amanhã
não haverá mais
uma escola
uma casa
um pudim
colegas de rua
e os pais no jardim

Não sabem
que amanhã
já não vão acordar

Na aurora
esquecidos
sob um monte de pó
dormirão

Há crianças dormidas
que sonham
quando voam as bombas
não acordam.

3. Uma escola normal

O que pensará
Uma criança norte-americana
Numa aula
De História
De uma escola normal?
Escutará
Os gritos
Das crianças
Destroçadas
Pelas bombas
No Afeganistão?
Sentirá
A dor de uma mãe
No enterro
Do seu filho
No Vietnam?
Enxergará
Os restos das minas
Que levaram a vida
Das crianças
Na Palestina?
Sonhará
Os mesmos sonhos
De morte e de frio
Que sonha um menino
Sem pais sem abrigo
Em qualquer país invadido?

Certamente
Uma criança
Norte-americana
Crescerá
Vendo o mundo
Pelos olhos dos pais
E dos professores
De uma escola normal
"Invadimos aquele país
Para liberá-lo da tirania
E dar ao seu povo
A nossa democracia"
Repetirão seus maiores
Cada dia
Cada ano
Cada mês
Até o dia
Em que
Segurando um fuzil
Estará nas trincheiras
De um país invadido
Disparando as ideias
De uma escola normal.

4. Devastação

Devastação
É o que resta
Devastação é o que há
Não haverá nada
Depois
De uma invasão
Do Tio Sam

Apenas pó

Foi assim
No Panamá
Foi assim
Na Nicarágua
Será assim em Bagdá

Só na Lua
Já havia pó
Antes da chegada
Do invasor

Apenas pó

Foi assim
Em Granada
Foi assim
Na República Dominicana
Será assim no Teerão

Devastação
É o que resta
Devastação
É o que há
Não haverá nada
Depois
De uma invasão
Do Tio Sam.

Do livro *Poemas sem Terra*

1. Poema 2

As cercas
Crescem com o dia
Demarcam
A imensidão
Do latifúndio
E calam
O murmúrio
Das sementes

Nas madrugadas
O camponês
Arma o coração
Da derrubada

O arame farpado
Não deterá jamais
O grito
Da aurora
Ocupada!

2. Poema 3

Quem te dará
A terra

Se não forem
Tuas mãos?

Quem te dará
A terra
Se não forem
Teus braços?

Quem te dará
A terra
Se não fores tu
Trabalhador do campo
Que semeias
Com suor
E sangue
O silêncio
Que geme na terra
O teu canto?

Quem?

3. Poema 5

Oh Liberdade!
Espalha no sereno
As armas
Da ocupação

Somos cúmplices
Das flores

Abre a facão
Uma clareira

No tenebroso
Latifúndio

Somos cúmplices
Dos pássaros

Assobia para nós
Aquele cântico
Infinito dos rebeldes

Somos cúmplices
Do vento

Oh Liberdade!
O teu coração
Tem o cheiro
Da terra
Do outro lado
Da cerca.

4. Poema II

Para encontrar

Tua imagem
Segue o vento
O rumo das estrelas
Camponesas

Ela irrompe
No sereno
Derramando as luzes
Da manhã
Veem dos ossos
Daqueles que tombaram
Na luta
Pela Reforma Agrária

Para encontrar
Tua imagem
Segue o rasto
Da chuva
No horizonte
Ela reflete
No sulco

Que deixam
As enxadas

Para encontrar
Tua imagem
Respira fundo
A umidade da terra
Molhada.

5. Poema 12

Terra
Aguda flor
Em infinito parto

Mestiça e nômade
Pólen que alimenta

Seu ventre
Sempre aguarda
Uma semente

A terra
É como um berço
Seu embalo
É o sopro
Do universo.

6. Poema 16

Na lona preta
Caiu uma estrela
Fugaz e repentina
Como o sono
Dos camponeses
Que aguardavam
Para ocupar
Uma fazenda improdutiva

Na escura madrugada
Sua luz amiga
Iluminou
O caminho
Da tranqueira derrubada

Depois partiu
Deixou a sua marca
Luminosa
Pelo chão
Refletindo no metal
De algum facão.

DO LIVRO *POEMAS OPERÁRIOS*

1. O intervalo

Te tomo da mão
Respiro teu aroma de metais
Ferrugem ou carmim
Tua boca é uma engrenagem
Frenética de flores

Nosso intervalo é tão curto
Que as palavras soam
Como pregos
Em rosas de cobre

Beijos martelados no alumínio
Dos teus lábios

A sirene interrompe
A brisa do pátio
E a paisagem do teu rosto

Nos devolve ao estrondo
À diária exploração
Do cartão de ponto

2. Fim do mês

Fim do mês
Milhões de mãos estendem seu suor
À espera do salário

Escondem suas feridas
Ensaiam seu melhor silêncio
Se resignam à marca do ferro
Na pele e na alma

Trinta dias
Apertados num punho fechado
Trinta dias rabiscados
Nas paredes da paciência e da revolta

E o tempo além das máquinas
Escorre como areia
Resvala nos dedos
Encharcados de graxa

É pouco o que restou do calendário
É pouco o que restou para um sorriso largo

3. O sangue operário

O sangue operário
Escorreu pelo meio-fio

Alagou as ruas do bairro
Penetrou nas casas
Manchou as paredes
Alcançou os tetos e as árvores

Um único aviso do empresário
Uma única ordem do Estado
Um único disparo da Polícia
E a fábrica retomou a sua rotina

A greve terminou
Mas o sangue operário
Continua ali
Acusando

4. Macacão

Sapatos gastos
Mãos gastas
Coração gasto

Seu sangue de salário-mínimo
Alimenta o corpo para o dia seguinte
E assim sucessivamente

Braços gastos
Veias gastas
Olhos gastos

O corpo mecanizado repete os gestos
Ajusta a máquina na outra máquina

Pernas gastas
Desejos gastos
Vida gasta

Mas o sonho debilitado
Ainda guarda no macacão
Ferramentas nunca usadas

Do livro *Alguma poesia para Brumadinho*

1. Impotência

Queria ver milhares de punhos em alto
Na porta desta empresa
Rios de gente
Interrompendo o silêncio da manhã

Gritos nas noites
À beira das estradas
Que conduzem ao inferno
Aberto nas montanhas

Procissão de desaparecidos
Engrossando as marchas de protesto
Aqui mesmo

Vejo lágrimas
Murmúrios de revolta
Impotência de animais presos
Na lama da mineração

2. A sirene

A sirene calou-se
Nem os pássaros deram o alerta
E o cimento rasgou o silêncio

A empresa desabou
Toneladas de rejeitos
De corrupção

Não houve adeuses

O meio-dia
Cravou seu punhal
Na hora anunciada
E vertical

Agora
Atravessado como uma estaca
No peito da lama
O corpo é subterrâneo
Gesto petrificado
Na solidão do mineral.

3. Trem minério

Um trem interminável
Carrega as entranhas
Das Minas Gerais

Fileiras de idênticos vagões
Martelam os trilhos
Com minério exilado

Vagões apinhados de sangue

De carne
De corpos
No frio metal que corre até o Atlântico

Pó de minério
Pó de ossos
E algum crachá perdido
Voando no ar tóxico da tarde.

4. Onde estão

Às margens do rio
Os peixes mortos
O sangue das folhas
E o dilacerado grito
Da paisagem

Um adeus de túmulo
Nas árvores
E os pássaros que insistem
No horizonte

Onde estão as vozes
Os abraços
O rito quotidiano
Do trabalho?

Onde estão aquelas mãos
Que construíram a barragem?
Onde estão os funcionários?

Sabemos onde estão!
E também sabemos
Onde estão os empresários...

5. O adeus

Dona Vicentina
Viu o filho partir
Funcionário da Vale
Em Córrego do Feijão

O dia foi o mesmo de todos os dias
O som do portão
O beijo no rosto
O até logo

A bruma
No cume das serras
A nítida luz da paisagem
O minério
Disputando o espaço
Com o ar da manhã

O uniforme
O crachá
O risco de sempre
Aos pés da barragem

O sol a pinho
Como um relógio
Para sempre fixo
À uma da tarde

A muda sirene
O estrondo
A lama
Dona Vicentina viu o filho partir
Essa manhã...

6. Minerar

Minerar:
Invadir (terras)
Destruir (naturezas)
Sequestrar (aquíferos)
Roubar (territórios)
Depredar (culturas)
Poluir (cidades)
Explorar (trabalhadores)
Privatizar (recursos nacionais)
Cooptar (governos)
Comprar (parlamentares)
Corromper (artistas)
Iludir (acionistas)
Bloquear (processos)
Mentir (com propagandas)
Calcular (Indenizações antes das tragédias)

Matar

Do livro *Poemas para resistir: o caso Braskem*

1. Resistência 1

O que afunda
Não é uma casa
Paredes
Azulejos
Janelas tampadas com cimento
Portas fechadas
Pela última vez

O que afunda
Não é uma Escola
Um Hospital
O campo de treinos
Do CSA
Tijolos infinitos
Como lágrimas de sal

O que afunda
É a luz
Do quarto das crianças
As flores que ficaram
Os gatos perdidos
No silêncio do bairro

O que afunda

Somos nós
Um tremor de angústia
No fio da navalha
Nossas vidas

Nas cavernas subterrâneas
Uma larga rachadura
No subsolo da alma

2. Resistência 3

Já não tenho mãos
Para levantar paredes
Olhos para descrever
As cores do antigo jardim
Pés descalços para andar
Sobre o frescor do pátio

Já não tenho dedos
Para escrever com sangue nas paredes:
Xô Braskem!

Já não tenho nada
Do que eu tinha
Somente lágrimas
Que andam como gatos
Perdidos entre escombros
Silêncios
Enredados na poeira
Punhos apertados
Como balas a esmo
Destroços de palavras
Ainda balançando
Naquele tremor de terra

E, além disso,
Há uma rachadura que não cessa
Dá voltas pela casa
Pelo chão

Pelo teto
E nunca chega até essa empresa!

3. Resistência 5

A Braskem me suicidou
Um punhal de sal-gema
Subiu desde a cratera
E estrangulou a minha voz

Agora tudo é dela
Assinei a tal da "indemnização"
O saque legal
De qualquer mineração

Antes de morrer
Eu era o sentimento acumulado
Da revolta
Um grito de pedra
Entalhado na garganta

O clamor de 60.000 pessoas
Expulsas das suas casas
Era também o meu

Mas não resisti
À armadilha judicial
À omissão do MPF
À inoperância do Governo

Não resisti
Ao cerco assassino
Das Instituições
Que a Braskem comprou

Morri
Dizem que é suicídio
Mas a Braskem
O Estado
E principalmente
O silencio de Maceió
Me mataram
Sem dor

4. Resistência 7

Dona Geni
Não saiu da sua casa
Resistiu até o fim

As paredes
Que escutaram o pranto
Quando ela nasceu há 90 anos
Decidiram proteger
A última habitante do bairro

Foram solidárias

O teto de telhas
– Testemunhas de chuvas e noites de estrelas –
Decidiu não aceitar as migalhas da Braskem

As janelas se fecharam
Ao triste espetáculo da solidão do bairro
Abandonado por todos
Paisagem desfigurada
Pela extração do lucro
Debaixo da sua casa

E até o jardim decidiu
Não entregar suas flores
A nenhum preposto indigno
Nem advogado
Nem empresário
Nem funcionário da Defesa Civil
Pressões externas não seriam toleradas

De ninguém
Mas uma noite
A porta se abriu
Para deixar passar Dona Geni
O dia em que seu corpo
Decidiu partir

5. Resistência 13

Há dias em que acordo
E tento imaginar
O cenário antes do crime

O amanhecer
Os primeiros sons do dia
O pôr do sol
Deslizando sobre os tetos
E as noites tranquilas dos passeios
E dos pátios

Um cenário
Destruído pela especulação
Da empresa
Mas até agora ninguém foi preso

Normal num país
Em que ninguém foi condenado
Quando acabou a ditadura militar

Quando da instalação da empresa
No Pontal
Nos anos 70
Um funcionário do governo
Teve que ir embora
Ameaçado com armas
Quando denunciou a catástrofe
Que estava por vir:

As subsidências

Fecho os olhos
E o cenário insiste
Em ser um horizonte devastado
Não consigo ver as casas
As ruas
E os vizinhos do bairro
No seu quotidiano

Mas no fundo
Eu sei que só verei o meu antigo cenário
Quando haja justiça
E essa empresa seja condenada

Do livro *Poemas de Combate*

1. Anjo suburbano da Maré

Maré
Tua lágrima
Sem rosto definido
O silêncio
De uma bala perdida
– Perdida? -
O ruído
Da impunidade
No teu ouvido

Maré
Fluxo e refluxo
De corações partidos

Maré
Um anjo suburbano
Pousou nas tuas ladeiras
Dolorido

Suas asas
Não puderam
Conter a dor
De tantos corações
Destruídos

Voou com um recado
Para quem for
Que esteja olhando
Lá de cima:

"Queremos apenas um pouco
De justiça"

Já perto do Cristo
De cimento e pedra
Ainda viu entre nuvens
O Viaduto
A Avenida Brasil
O que restou das palafitas
E as mães
dos mortos e desaparecidos
acenando com um imenso
punho erguido

Ainda se perguntou
Se O outro
O verdadeiro
– Aquele que não vemos
Mas que dizem que vê tudo –
Não seria também
De material tão duro

Até hoje
Nem um milagre sequer
Para aliviar a dor
Do povo humilde
Da Maré

Maré
Fluxo e refluxo
De corpos partidos

Maré
Tua lágrima
Sem rosto definido
O silêncio
De um Estado perdido
O Auto da resistência

No teu ouvido.

2. Ni uma lágrima, comandante Hugo Chávez!
(28 de julio de 1954 – 5 de marzo de 2013)

Ni una lágrima
Sobre tu recuerdo
Derramará este pueblo

Nada de llanto
Por un cuerpo
Que ha dejado su lugar
Al viento

"A soplar futuro"
Ha dicho el comandante

Ni una lágrima
A las cinco y cincuenta y cinco
De la tarde
Ni una pausa
En el combate

Que el aire recomponga
Tu silueta
Tu coraje
Tu palabra
A cada instante

Pero
Ni una lágrima
Sobre tu recuerdo
Derramará este pueblo

Apenas un dolor inmenso
Reconcentrado
Y secreto
Recorrerá en silencio
Cada rostro
De tu pueblo
Para que el enemigo
Nunca crea
Que te has muerto.

3. Mar negreiro

" Ô mar, por que não apagas
Co´a esponja de tuas vagas
De teu manto este borrão"
(Castro Alves/Navio Negreiro)

Secreto
Indiferente
Mar

Apenas céu

Disfarça
A encosta
Que derrama
Escravos
Ainda

Diz que há

Silêncio
No murmúrio
Negro
Incessante

Indiferente
Mar

Desprevenido
Desterrado
Umbigo
Na noite
Do martírio
Infindável

Escuta a espuma
A dor
Da areia
Inexorável

Úmida Bahia
Silenciosa fêmea
Acaçapada
Na madeira

Dos navios de Camões

Secreto
Mar
Encobre o grito
O lento corpo
Escuro corpo
Que desliza
O céu barroco

Anjo do desespero
Da invertida cruz
Da imaculada Virgem
Nos ventres
Inchados
Repetidos

Mar
Palavra de água
Horizonte
Que traça uma linha
No sangue
Do sal
No Cântico Bantu

Que inicia o final

Imenso
Exagerado
Mar

Engana o destino
Dessas proas
Desfaz
As tuas sereias
Volumosas
Canta no escuro
Uma toada infantil
De Portugal

Secreto
Indiferente
Mar

Tingido do suor
De mãos infinitas
Teu líquido incolor
Golpeia ainda
Na memória.

POEMAS NÃO PUBLICADOS EM LIVRO

1. Uma cruz para Julian Assange

Preparam uma cruz para Julian
Uma morte sem testemunhas
Com tuas mãos incrustadas
Pregadas com as 50 estrelas/pregos
Do Império

Preparam uma cruz para Julian
Com teu corpo agonizando
Atrás das 13 barras/barrotes
Dessa bandeira
Encharcada com o sangue do mundo

Preparam uma cruz para Julian
Uma cruz
Com a verdade pendurada
Da tua coroa de espinhos
Clandestinos

Te matam por nos abrir os olhos
Te matam por revelar segredos
Do terrorismo norte-americano

Te matam por denunciar cinzas
Que voam como abutres
No final das guerras

Te matam por ser um pombo
Uma notícia necessária
Um aviso

Um alerta
Em um mundo sem paz

Te matam porque vistes as mortes
Que tramam
E por isso
Querem uma cruz para Julian

Uma cruz nas trevas
Para que ninguém saiba
Y que tua morte seja uma morte qualquer

Mas o Império não impedirá
Que teu sangue – se te matam -
Seja notícia
Y seja a voz – nossa voz -
Que lhes grite na cara
Suas manobras
Seus golpes
E principalmente
Seus crimes
De guerra.

2. ALCA não

Aonde
Os intermináveis dias
E noites
Da conquista
Levaram nossa antiga identidade
Nosso sangue indígena
Africano
Latino-americano?
Aos navios ibéricos
Aos bolsos holandeses
Aos estômagos franceses
Aos brancos britânicos
E norte-americanos

Loucura
Infinita
De matar nosso sorriso de florestas
Nossa voz de cataratas
Nosso olhar desértico
E andino
Com a morte lenta
De invasões
Ditaduras
"democracias"
E áreas livres
Para comprar
O nosso sangue
De milênios.

Coração ferido
Na sua mais íntima morte
Lágrimas profundas
Do nosso continente
Entranha destroçada
Durante 500 anos
Com traidores punhais
E certeiros disparos
Que ainda assim
Não nos matam
Apenas
Derramam nossa memória
De lutas
E revoluções
Nos espelhões silenciosos
Dos olhos
Das nossas crianças.

Agora
Não há mais tempo
Não há distância
Entre o corpo mestiço
E a bala digital
E fulminante
Agora eles descem
Pela última vez
Com suas armas do terror
Seu sutil extermínio
De mercado
Só nos resta o mar
A terra
O ar

E a resistência
O peito e a coragem
Latino-americana
O nobre costume
De enfrentar
A insanidade.

pólen bold 90 gr/m2
tipologia calisto mt
impresso no outono de 2025